Annelies Schwarz

La bruja de las letras

Ilustraciones de Sabine Kraushaar
Traducción de Susana Gómez

Título original: Die Buchstabenhexe

Ilustración de portada: Sabine KrausHaar
Didujo del Logo: Angelika Stubner
Maquetación: L.E.G.O. S.P.A., Vicenza. Italia

Editorial Edaf, S. A.
Jorge Juan, 30. 28001 Madrid
http://www.edaf.net
edaf@edaf.net

Edaf y Morales, S. A.
Oriente, 180, n.° 279. Colonia Moctezuma, 2da. Sec.
15530 México D. F.
http://www.edaf-y-morales.com.mx
edafmorales@edaf.net

Edad del Plata, S. A.
Chile, 2222
1227 Buenos Aires, Argentina
edaddelplata@edaf.net

Edaf Antillas, Inc.
Av. J. T. Piñero, 1594
Caparra Terrace
San Juan, Puerto Rico (000921-1413)
edafantillas@edaf.net

Edaf Chile, S. A.
Huérfanos, 1178 - Of. 506
Santiago - Chile
edafchile@edaf.net

Septiembre 2005

I.S.B.N.: 84-414-1670-2
Depósito legal: M-33918-2005

PRINTED IN SPAIN — IMPRESO EN ESPAÑA

Gráficas COFÁS, S. A.

Índice

Visita

Mauri hace
los deberes.

Mordisquea
su pluma y suspira.

De repente se oye un
crujido en su libreta.
Una pequeña bruja
sale de las páginas
dando un brinco.

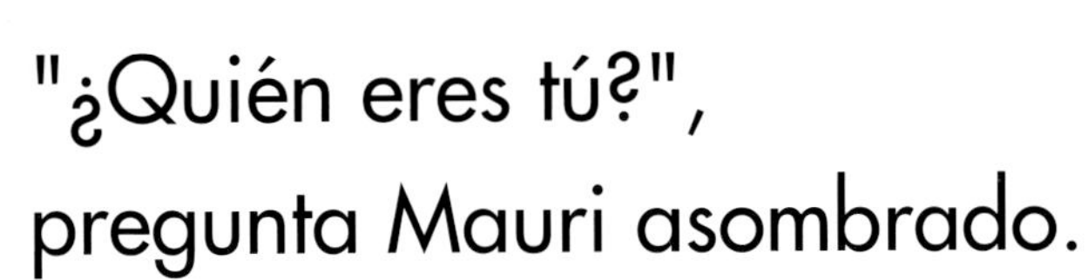

"¿Quién eres tú?",
pregunta Mauri asombrado.

"¡Soy Leni,
la bruja de las letras!"

Leni sacude el
contenido de su mochila.

"Las he recogido
todas hoy", dice
Leni orgullosa.

Mauri coloca una a
detrás de la i .

"Tengo que encontrar
nombres con ia . Pero
la verdad es que no sé
ninguno."

Entonces Leni susurra
un conjuro mágico.

Mauri siente de repente
cómo se va haciendo más
y más pequeño.

En el mercado

"¡Ven conmigo!", dice
la bruja de las letras
y ríe disimuladamente.

Mauri se sienta junto
a Leni
en el lápiz de la bruja.

Salen a toda velocidad
por la ventana.

Leni toma la ruta
hacia el mercado.

"¡Atención, Mauri!",
dice ella. "¡Aquí puedes
encontrar muchas
palabras con ia !"

Mauri las reconoce enseguida:
"Heladería,
Papelería,
Tintorería,
Ferretería,
Sastrería".

Mauri está radiante
de alegría.
Ahora ya sabe
bastantes palabras.

Leni y Mauri entran
volando por una
calle lateral.

Allí cuelga un cartel.

Leni susurra
algo misterioso.

¡Y de repente
las letras se mueven!

lee Mauri.
"¡Eso está mal!"

Leni contiene la risa:
"¡Lo sé, pero me gusta
hacer brujerías cambiando
las letras de sitio!".

De nuevo vuelven a remolinear
en el aire la i y la a.

"Cirnacería",
lee Mauri.
Y luego: "Carnicería".
"Por fin está bien",
dice él.

Más brujerías

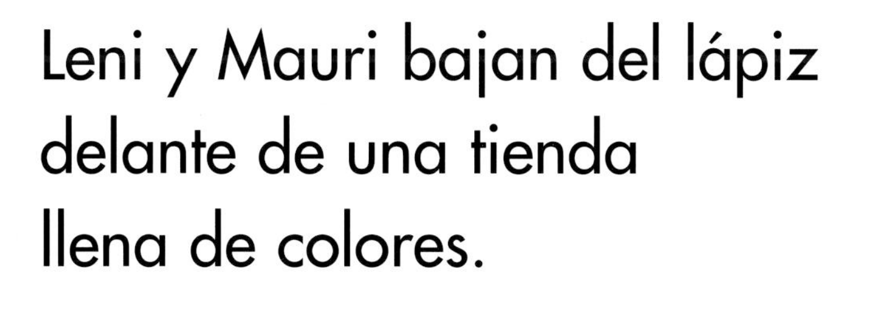

Leni y Mauri bajan del lápiz
delante de una tienda
llena de colores.

Miran los osos de
peluche a través
del escaparate.

Ellos leen:

"¿Cuáles son tus letras favoritas?", pregunta Leni.

"La i y la e", dice Mauri.

Entonces bailan por
el aire alborotadas
la i y la e.

"¡Quietas!", grita
Mauri.
Demasiado tarde.

La i y la e van como
un rayo hacia el CINE.

Echan fuera
la i y la e.

Mauri ríe:
"Ahora la qente puede
ir al  a ver una película".

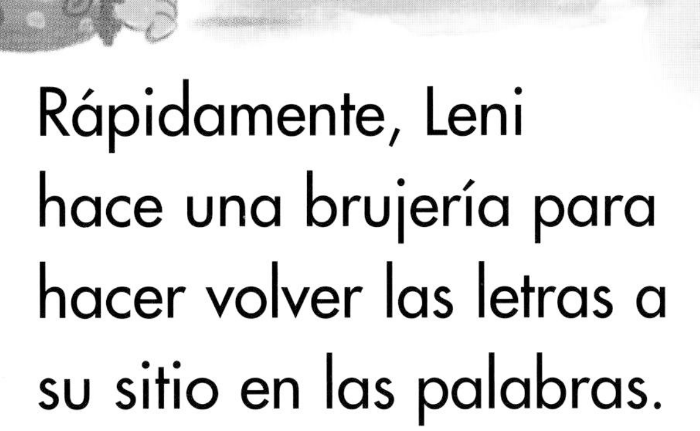

Rápidamente, Leni
hace una brujería para
hacer volver las letras a
su sitio en las palabras.

Animales embrujados

"¿Te gustan los animales?", pregunta Leni.

"Por supuesto", dice Mauri.

Se vuelven a subir en el lápiz de la bruja.

Un golpe de viento
les hace a los dos ir dando vueltas.

"Agárrate bien",
grita Leni.

Aterrizan delante
de una tienda de animales.

Desde el escaparate
se ve correr un hámster.
Y una tortuga está medio
dormida junto a una piedra.

"¡Atención. Voy a
convertir dos animales
en cuatro!"

"Lo cierto es que también
hago los sortilegios con
palabras."

Ella empieza a decir:
"Torter y Hamstuga,
Tugater y Hamstor".

"Nada de Torter",
dice con un hililllo de
voz el hámster, y desaparece
enfadado en su casita.

La tortuga murmura
entre dientes:
"Hamstortugater".
Luego se queda
definitivamente dormida.

Vuelta a casa

Mauri y Leni
vuelven
volando a casa.

A Mauri le da
vueltas la cabeza de tantas
brujerías con las letras.

En la habitación Leni
hace un sortilegio para
hacerlo de nuevo grande.

Mauri escribe rápidamente
todas las palabras con ia
en su libreta.

Dibuja para Leni
un bonito ia
en un papel.

"Gracias", dice Leni.
"Esto va a mi mochila
de las letras."

Ella bosteza.
"Estoy cansada, Mauri.
Ahora tengo que ir
a dormir."

"¿Vas a volver a
verme?", pregunta
Mauri.
"Quizá", dice Leni.

Entonces ella se va
deslizándose rápidamente
entre las hojas de la
libreta y desaparece.

Con mucho cuidado,
Mauri coloca la libreta
en su cartera del colegio.

"¡Buenas noches, Leni!",
dice en voz muy
baja, y piensa:
"¡Esto no lo va a
creer nadie!".

Escalera de Lectura Edaf

Progreso en la lectura peldaño a peldaño

Tigre y Tom

Klaus-Peter Wolf · Jan Birck

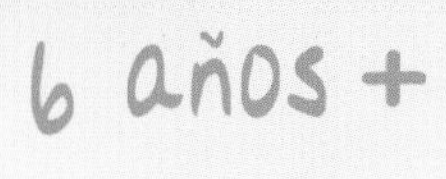

6 años +

EL TIGRE LECTOR

Historias de detectives

Sabine Kolwitzki · Christian Zimmer

6 años

La rana lectora

La bruja Peperina y la fiesta de los niños

Claudia Ondracek · Jan Birck

Aprende a leer con pictogramas

5 años +

El ratón de los dibujos

Historias del pequeño delfín

Udo Richard

Sabine Kraushaar

5 años